魚和蝦的對話

國家圖書館出版品預行編目資料

魚和蝦的對話／張　默著；董心如繪.
——初版二刷. —— 臺北市：三民，
民90
面；　公分——（兒童文學叢書.
小詩人系列）
ISBN　957-14-2289-4（精裝）

859.8　　85006397

網際網路位址　http : // www. sanmin. com. tw

◎魚和蝦的對話◎

著作人　張　默
繪圖者　董心如
發行人　劉振強
著作財產權人　三民書局股份有限公司
臺北市復興北路三八六號
發行所　三民書局股份有限公司
地址／臺北市復興北路三八六號
電話／二五〇〇六六〇〇
郵撥／〇〇〇九九九八──五號
印刷所　三民書局股份有限公司
門市部　復北店／臺北市復興北路三八六號
重南店／臺北市重慶南路一段六十一號
初版一刷　中華民國八十六年四月
初版二刷　中華民國九十年二月
編　號　S 85309
定　價　新臺幣貳佰捌拾元整
行政院新聞局登記證局版臺業字第〇二〇〇號

ISBN　957-14-2289-4（精裝）

兒童文學叢書

・小詩人系列・

魚和蝦的對話

張　默／著　　董心如／繪

三民書局

詩心・童心

——出版的話

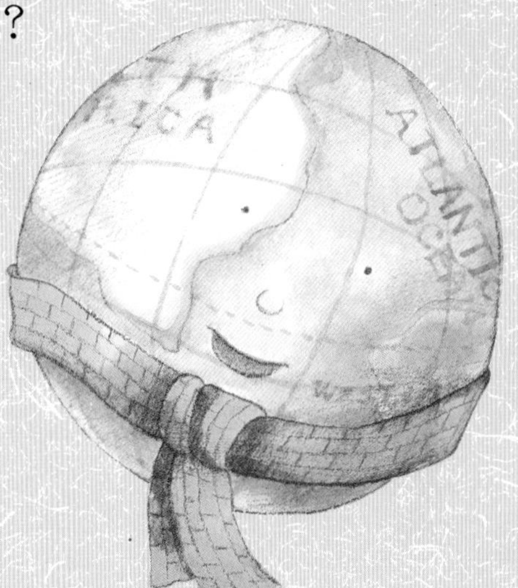

可曾想過，平日孩子最常說的話是什麼？「媽！我今天中午要吃麥當勞哦！」「可不可以幫我買電視上廣告的那種電動玩具！」「我好想要百貨公司裡的那個洋娃娃！」

乍聽之下，好像孩子天生就是來討債的。然而，仔細想想，這些話的背後，絕不只是貪吃、好玩而已；其實每一個要求，都蘊藏著孩子心中追求的夢想——嚮往像童話故事中的公主般美麗、令人喜愛；嚮往像金剛戰神般的勇猛、無敵。

為了滿足孩子的願望，身為父母的只好竭盡所能的購買，但孩子們總是喜新厭舊，剛買的玩具，馬上又堆在架子上蒙塵了。為什麼呢？因為物質的給予終究有限，只有激發孩子源源不絕的創造力，才能使他們受用無窮。「給他一條魚，不如給他一根釣桿」，愛他，不是給他什麼，而是教他如何自己尋求！

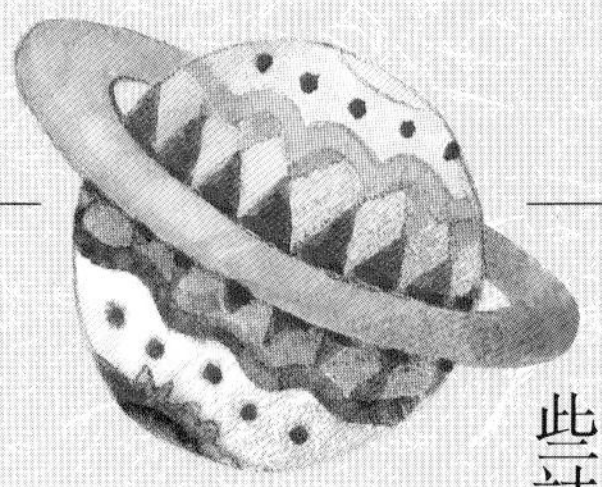

事實上，在每個小腦袋裡，都潛藏著無垠的想像力與無窮的爆發力。大人常會被孩子們千奇百怪的問題問得啞口無言；也常會因孩子們出奇不意的想法而啞然失笑；但這種不規則的邏輯卻是他們認識這個世界的最好方式。而詩歌中活潑的語言、奔放的想像空間，應是最能貼近他們跳躍的思考頻率了！

於是，我們出版了這套童詩，邀請國內外名詩人、畫家將孩子們天馬行空的想像，熔鑄成篇篇詩句；將孩子們的瑰麗夢想，彩繪成繽紛圖畫。詩中，沒有深奧的道理，只有再平常不過的周遭事物；沒有諄諄的說教，只有充滿驚喜的體驗。因為我們相信，能體會生活，方能創造生活，而詩的語言，也該是生活的語言。

每個孩子都是天生的詩人，每顆詩心也都孕育著無數的童心。就讓這些詩句在孩子的心中埋下想像的種子，伴隨著他們的夢想一同成長吧！

飛吧！想像的翅膀

張默

從事新詩寫作四十餘年，而這本童詩集卻是我的處女作，內心自然有很多的感觸，特借此機會和小朋友們聊聊。

首先，我以為既然是童詩，因此在取材上，必須是日常身邊可以看得見、摸得到的一些人事物，讓它能親切地和小讀者們產生心理上的共鳴。是故我寫〈風雨兩行〉，旨在觸動大家飛躍的想像。請先看原詩：「昨夜，颼風，呼啦呼啦／我聽見雷霆姥姥站在日曆上，吹氣／今晨，下雨，淅瀝淅瀝／我看見太陽公公躲在雲端裡，擦汗」。

其實，這無非是作者的想像，與現實當然有很大的差距，請問有誰聽見「雷霆姥姥站在日曆上吹氣」，有誰看見「太陽公公躲在雲端裡擦汗」，它們都是虛構的情節，目的在增進讀者讀詩的興趣，假如達到了，那這一首詩的創作任務也就完成了。

下面請再看〈假如把天空倒過來〉，這首詩的情景也是相當的誇張，完全無法以現實的角度去丈量。請先讀一讀前面的六行：「假如把天空倒過來／大海會貼在地球的臉頰上喊冷／假如把天空倒過來／長城會騎在地球的脖子上打盹／假如把天空倒過來／泰山會懸在地球的胃囊裡游泳」。

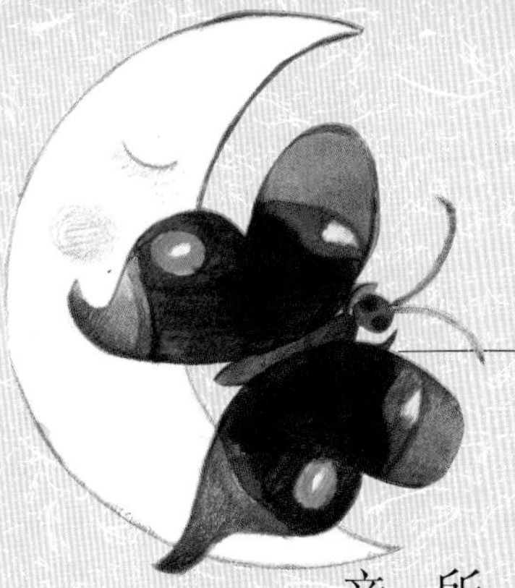

誰能把天空倒過來，只有借著自己的想像才可以達成；讀了這樣的一首童詩，你的心靈是否會更加雀躍呢?!

我曾在《中國時報》中的「家庭生活周報・童心版」讀到這樣一首詩，它的題目叫「手掌」。原詩如下：

手掌上有五座山，
山頂上
有一圈圈的迷宮，
山腳下
有好幾條河道，
只要我一緊張，
河水就會冒出來。

這首詩的作者是就讀於臺北縣中正國小的張育銘，他把「手掌」比作五座山，寫得很生動、親切、充滿童稚的趣味，顯然與成年人寫的童詩有很大的區別。

所以創作童詩，或者閱讀童詩，請你一定要展開想像的翅膀。童詩的天空，一片浩瀚，情趣無窮，大家一起來耕耘吧！

於無塵居

目次

魚和蝦的對話

夜晚的星星呀

夜晚的星星呀
你常常喜歡瞇著雙眼
向人間眨個不停

從廣場到河邊
從廚房到客廳
你們寸步不離緊緊跟著我，逗著我
似乎想要猜中我小小的心事

夜晚的星星呀
其實，告訴你也沒關係
總有一天

我會叮叮噹噹地
把你們一串串，一筐筐
扔進我的口袋裡

童年時代，誰不喜歡看
滿天燦爛的星斗，
本詩很具體的描寫
孩童與星星親密的情景，
特別是結尾幾句，
發揮了童稚天真爛漫的情懷。
本詩就是幫助孩子們，
激發他們更多更美麗的奇想。

夢遊桃花源

昨夜，我做了一個很短很小的夢
我夢見在一片茫茫的桃花源裡作客
我夢見陶潛手植的千萬株桃花
一朵朵向我婀娜地走來
它們擺出各種動人的姿勢
有的眨眼
有的擠眉
有的伸出尖尖的舌頭
有的旋轉碎碎的舞步
我被高高舉起
在群樹之中
我在一波波嫣然起伏的香浪中
作深深的呼吸

並且努力地拍攝它們的笑靨
俄頃，它們突然蛻變成千萬隻蛺蝶
一陣陣，一群群，一簇簇
填滿了整個的天空
而我也在它們之中，扭著屁股，跳舞起鬨
直到晨光一小片一小片
悠悠地醒來

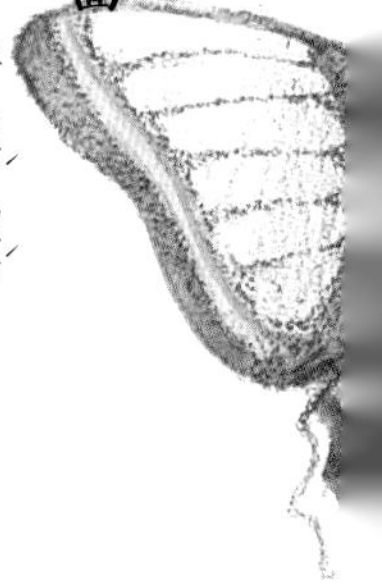

晉代大文學家陶淵明（陶潛）
寫了一篇流傳千古的〈桃花源記〉，
完全憑藉他個人的想像。本詩假設
我們在夢中遨遊「桃花源」的種種情景，
小朋友們，你們讀了這首詩，
是不是也打開心靈的眼睛，
再造一座更加富麗堂皇的現代桃花源。

一把小小的裁紙刀

一把小小的裁紙刀
整天伊伊呀呀
和紙張雪白的身體賽跑

每天，只要它一出鞘
即使鶯飛草長的西湖
也會唏哩嘩啦，被它整得七零八落

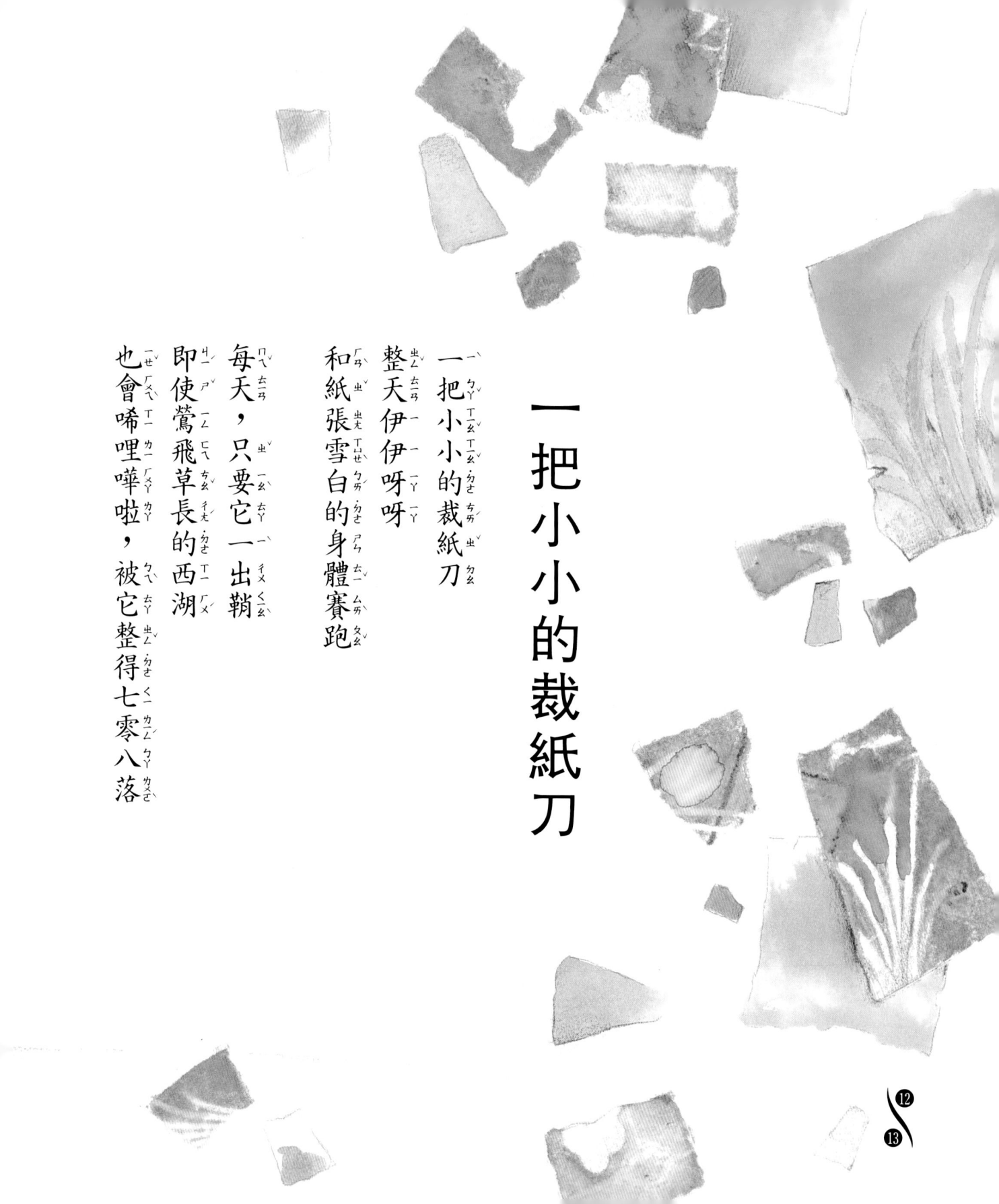

裁紙刀，是每個人必備的日常用具。
第一節描寫使用裁紙刀的情形，
說它和「雪白的身體賽跑」，
是不是很有趣？第二節試著把想像放大，
讓它從案頭跳到西湖，
從而勾起個人懷鄉的情結。

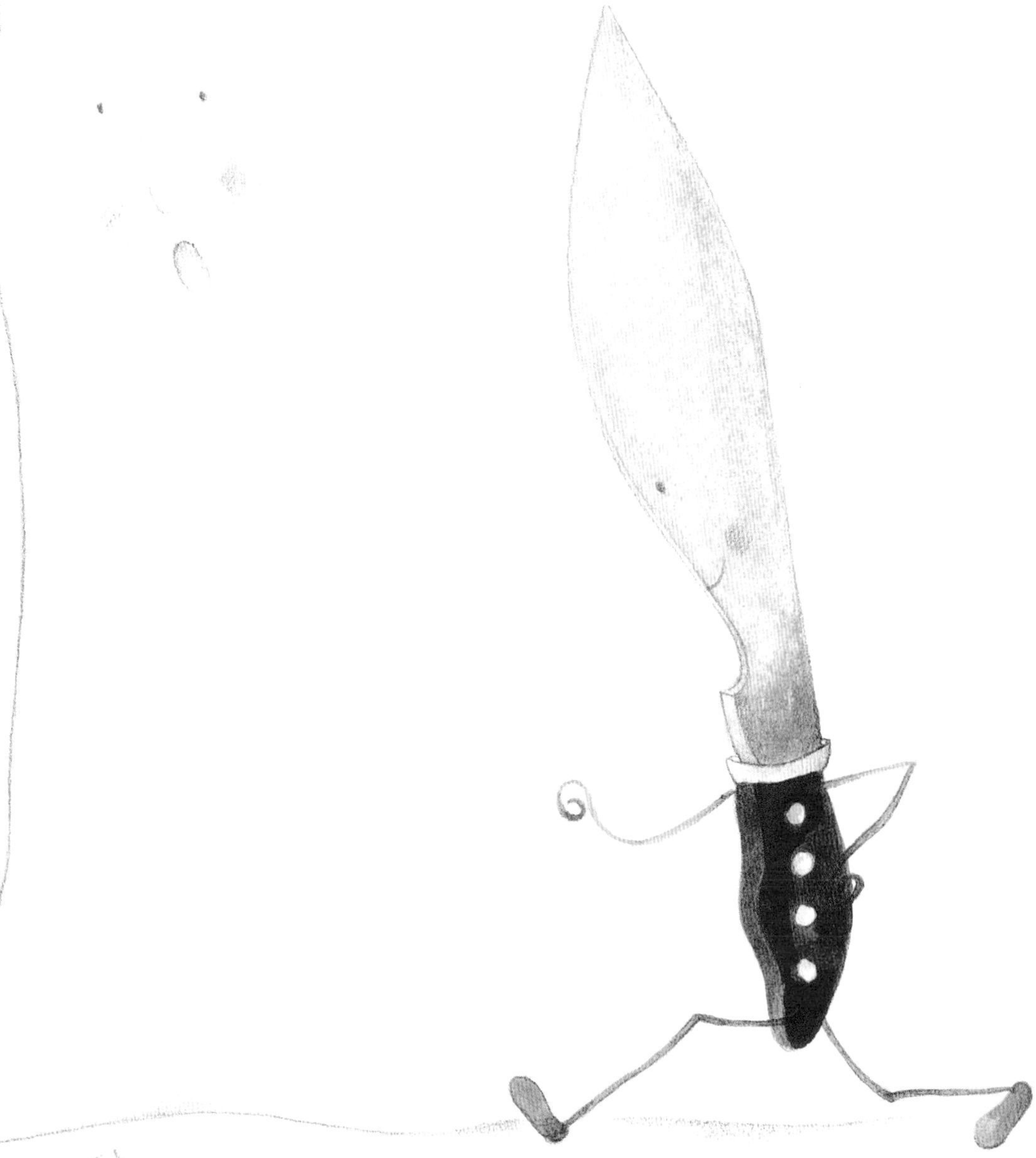

井的自白

我是一口古井
天天被
風吹
雨淋
火烤

我是一口古井
朝朝被
木桶
繩索
推拿

我是一口古井
夜夜被
浪子
村姑

張望

我是一口古井
常常被
灰塵
落葉
洗刷

在農村，「井」的存在是很普遍的現象，
本詩旨在說明井的實用性已日漸式微，
現代工業文明進步神速，
但也製造社會不少公害，
使人感嘆不已。

駝鳥

駝鳥的頸子為何那樣長
難怪牠會搆到天上的月亮

鴕鳥的眼睛為何那樣光
難怪牠會瞧見非洲的牧場

每天每天
牠張開黑色碩大的翅膀
在動物園四處徜徉
你看牠，多麼瀟灑
你看牠，多麼歡暢

如果人類真有來世
我願投胎轉運和牠同窗
每天陪麻雀、鸚鵡踢毽子
和陽光風雨一起生長

本詩由鴕鳥的頸子
想到天上的月亮，
再想到非洲的牧場，
而後轉入動物園，
最後是來生，
全詩均押了韻，
唸起來琅琅上口，
有歌謠的風味。

鋼琴上的蝴蝶

一隻彩色的蝴蝶
輕巧地
落在窗前一架鋼琴的黑白鍵上
那是一幅多麼美妙的靜物畫

我好想用一根絲線
把牠拴住
把牠纏繞
可是怎樣下手呢

我納悶著，也徬徨著
而牠卻不聲不響地，翩翩起舞
在鋼琴的上方，俯衝、翻騰、眨眼
一剎那，滿屋子的家具書本
都在竊竊囈語，奔走相告

而牠倆卻一上一下，手舞足蹈
肩並肩，破窗穿雲而去
把天空撞成一個大窟窿

由一隻落在鋼琴上的蝴蝶，
而展開一幕親切奇妙的幻想，
其實鋼琴不可能同蝴蝶一樣翩翩起舞，
但它所發出的聲音就不一樣了。
循著這一線路去思索，
自然會有意料不到的結果。

一株快樂的向日葵

一株快樂的向日葵
每天站在附近的山坡上
她常常向我招手
我也向她凝望
在我的記憶裡
她就是童話中那位無憂無慮的小姑娘

她有著一對大大的眼睛
她有著一付圓圓的臉龐
每天每天，從她的神情中
我彷彿看到了未來的新希望

於是，我對她微笑

她對你歌唱

我對她傾心

她對你神往

我對她關愛

她對你依傍

就這樣，咱們天天在一起散步
就這樣，咱們天天在一起抓癢
就這樣，咱們天天在一起談心
就這樣，咱們天天在一起瘋狂

直到某一天

一個猛烈的颱風把她連根拔起
讓她早早離開了這個心愛的地方
在風吹日曬中
在雨淋霜打中

她怎能不漸漸乾瘦枯萎夭亡

從此，我再也看不見她的歡笑
我再也聽不到她的歌唱

於是，我只有天天在作業簿上
一遍又一遍地
彩繪她最初作夢的模樣

本詩以向日葵從生長到枯萎，
比喻生命的短暫與可愛，
人類應該更加珍惜與萬物一起呼吸，
共同生活在這塊地球上。

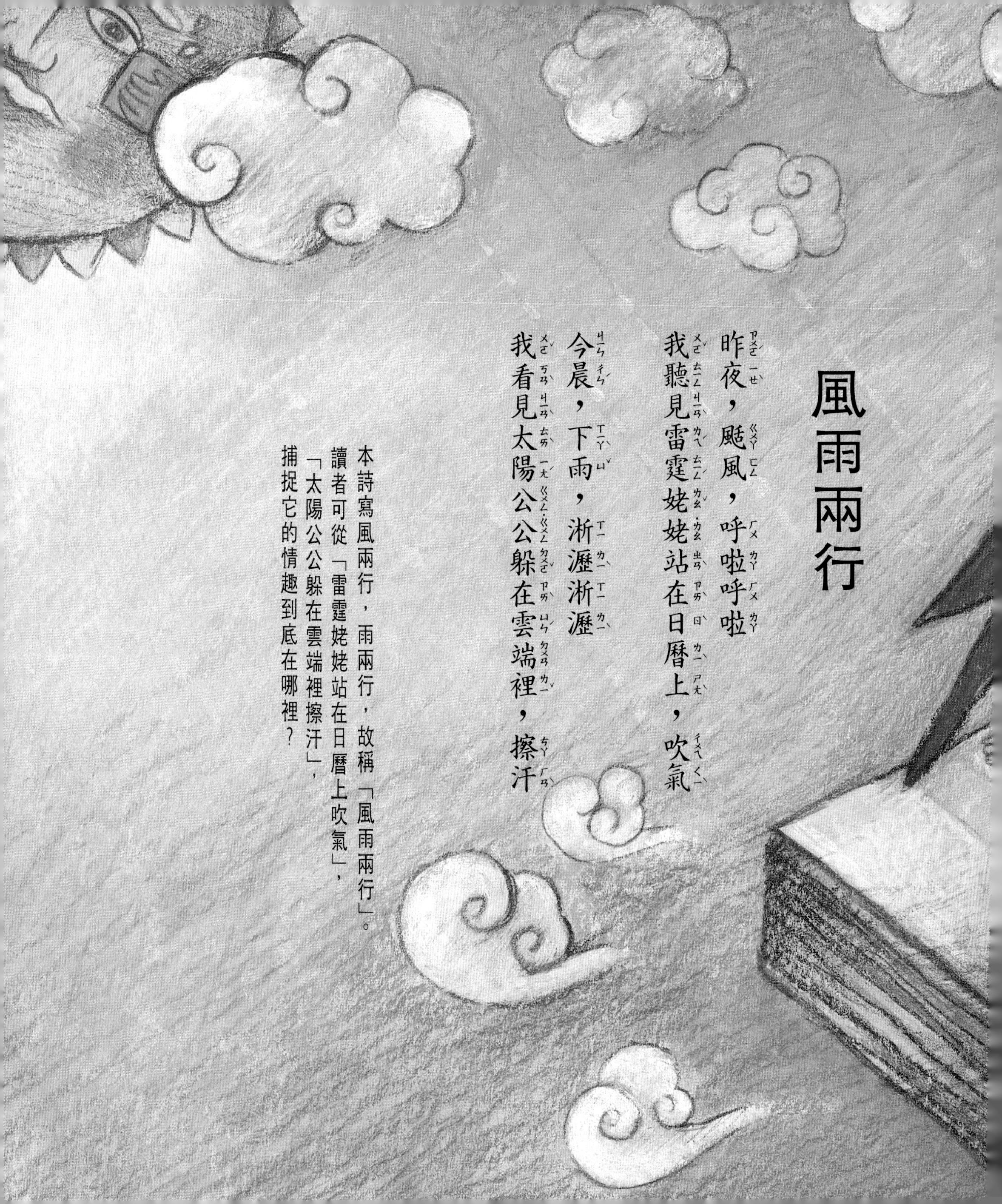

風雨兩行

昨夜，颳風，呼啦呼啦
我聽見雷霆姥姥站在日曆上，吹氣
今晨，下雨，淅瀝淅瀝
我看見太陽公公躲在雲端裡，擦汗

本詩寫風雨行，雨兩行，故稱「風雨兩行」。讀者可從「雷霆姥姥站在日曆上吹氣」，「太陽公公躲在雲端裡擦汗」，捕捉它的情趣到底在哪裡？

魚和蝦的對話

我是魚：
我喜歡嘩嘩啦啦的水
我喜歡清清淨淨的水
我喜歡琮琮琤琤的水
我喜歡躲躲藏藏的水

我是蝦：
我喜歡溫溫柔柔的水
我喜歡光光滑滑的水
我喜歡泥泥濘濘的水
我喜歡大大方方的水

〈嗯！咱們本是兩位一體〉

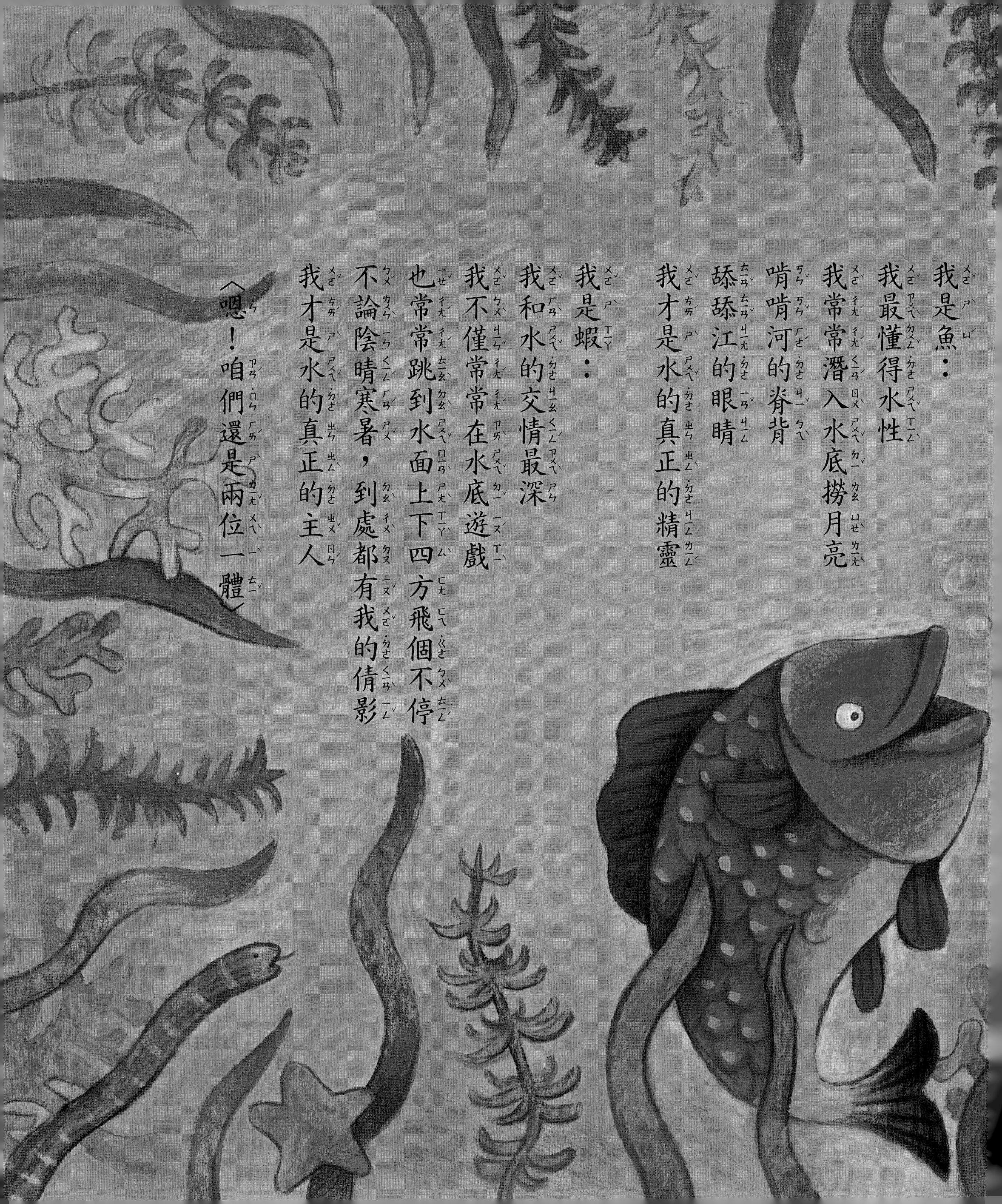

我是魚：
我最懂得水性
我常常潛入水底撈月亮
啃啃河的脊背
舔舔江的眼睛
我才是水的真正的精靈

我是蝦：
我和水的交情最深
我不僅常常在水底遊戲
也常常跳到水面上下四方飛個不停
不論陰晴寒暑，到處都有我的倩影
我才是水的真正的主人

〈嗯！咱們還是兩位一體〉

我是魚：【小聲地】

我是蝦：【更小聲地】

我是魚：【大聲地】

我是蝦：【更大聲地】

其實，大家何不平心靜氣想一想

水的世界原本浩瀚博大

水的世界原本剔透晶瑩

水的世界原本溫柔倜儻

水的世界原本柳暗花明

從現在起

咱們何妨一起在江河的大床上縱橫千里

讀讀安徒生
彈彈梵啞鈴
讓全世界的星斗
叮 叮 咚 咚
掉落咱們的一身

魚和蝦相聚在水的世界，
傾聽牠們精彩的對話，
都是與水相關，
離開了水，
牠們也就無法生存了。
本詩像一篇小小的短劇，
小朋友不妨以它為藍本，
作一次即興的演出。

影子

月亮照在偏西的牆上
我看見自己孤獨的影子
月亮照在大樹的枝枒上
我看見行人疏落的影子
月亮照在荒蕪的舊城上
我看見一大群兵士淒涼的影子
月亮照在遠方濛濛的海上
我看見故鄉父老姊妹熟悉的影子

以「月亮」照著自己，
照著大樹，照著城牆，
以及照著遠方海上的影子，
鏡頭從小到大，從近到遠。
本詩真正的用意是
落實在最末一句：
「我看見故鄉父老姊妹熟悉的影子」，
讓人讀後感到十分的悲涼。

在后里馬場上

在后里馬場上
我看見很多匹駿馬在狂奔
牠們閃著金黃的鬃毛
牠們閃著灰褐的鬃毛
牠們閃著微藍的鬃毛
牠們閃著黑白的鬃毛
在黃昏的霞光中
把大地彩繪得更燦爛了

在后里馬場上
我看見很多匹駿馬在狂奔
牠們像稻穗一樣的飽滿
牠們像雲彩一樣的自在
牠們像蘆葦一樣的柔軟
牠們像白鴿一樣的快活

在靜寂的山崗上
把大地素描得更細緻了

在后里馬場上
我看見很多匹駿馬在狂奔
牠們好像永遠不疲倦
牠們好像永遠不憂愁
牠們一個個張著血盆大口
氣喘噓噓地對準西天
彷彿要把一輪紅通通的落日
一口吞下

臺中后里馬場，飼養了很多匹好馬，這是許久以前，作者看到那些馬匹飛奔的情景，於是寫下這首詩。全詩以捕捉馬的各種神態及瞬間景象，最後讓馬匹發下誓言，「把一輪紅通通的落日，一口吞下」。詩的情趣往往就在最後製造的高潮中誕生。

夜市

夜市
像一波一波的潮水
夜市
像五顏六色的藻草

夜市
像閃閃爍爍的星辰
夜市
像吱吱喳喳的雀鳥

而我幼小的心靈
總是喜歡跟著阿母經常向你報到
吃一碟蚵仔煎
喝一杯雪綿冰
呷幾粒天婦羅
買幾個銅鑼燒

夜市夜市
你讓我逛得腰酸背痛，腳跟起泡
夜市夜市
你讓我吃得飽飽，睡它一個大頭覺

孩提時代，隨大人逛夜市是最開心的事，本詩就是寫當時的感覺，最後四句相當落實，每個人逛完夜市回家，不就是倒頭就睡嗎？

我有一群小芭比娃娃

我有一群小芭比娃娃
我給她們一個溫暖的家
每天清晨
她們捧著各式各樣的鮮花
一起彎腰向我深深鞠躬
小公主，上學去吧
每天傍晚
她們又打扮整齊，興高采烈
站在家門口等著我

放下書包
一一和她們握手
說些甜蜜的悄悄話

我有一群小芭比娃娃
夜夜，她們簇擁在我的四周
既有訴不盡的情意
更有說不完的童話
她們陪我讀書寫字
她們陪我吵鬧玩耍
只要能博得我的歡心
她們也會摘下天上的星星
在夢中，為我建造一座水晶宮
大家排成行，掌聲雷動
歡迎，歡迎，小公主
這是你的新家

小芭比娃娃，風行全球，她們栩栩如生的形象，成為孩子們的最愛。
本詩抒發孩童對玩偶的關愛之情，點點滴滴，溢於言表。

彩色筆

我收集很多種很多種彩色筆
長的，方的，大的，小的
我把它們一排排一列列
放在書桌上當玩具

我喜歡打開全部的盒子
讓它們飽滿的小小的身軀
滴溜溜地一個一個爬出來
紅　橙　黃　綠　藍　靛　紫
紫　靛　藍　綠　黃　橙　紅

於是我掀開一本圖畫書
在一棵樹上，加一撇紅鬍子
在一方池塘，蓋一座藍宮殿
在一尾魚身，畫一朵白牡丹
在一彎月上，繡一隻黑蝴蝶

我收集很多種很多種彩色筆
它是我圖畫的老師，作夢的姊妹
有一天夜裡，它們一支接一支
轟轟烈烈，架起一座彩虹的長橋
讓我快快樂樂地通過它
回到我的故鄉

一支小小的彩色筆，
就能繪出兒童們一片純真
美麗無比的新世界，
本詩試圖去捕捉孩子們
對彩色筆的看法。

火雞

伸長脖子，睜大眼睛
面對一粒粒渾圓的稻穀
它們就是一串串亮晶晶秀色可餐的珍珠
哎喲！我的乖乖

在火雞的眼裡，稻穀比什麼都重要，
作者形容牠見到食物的欣喜之情，
比之為秀色可餐的珍珠。
全詩係在一剎那之間完成，
那麼在讀它時，也儘可能去捕捉那一瞬間的景象吧！

硯臺

別看一方小小的硯臺
它的體積那麼小
一管禿筆在它身上輕輕摩擦幾下
它好像受不了

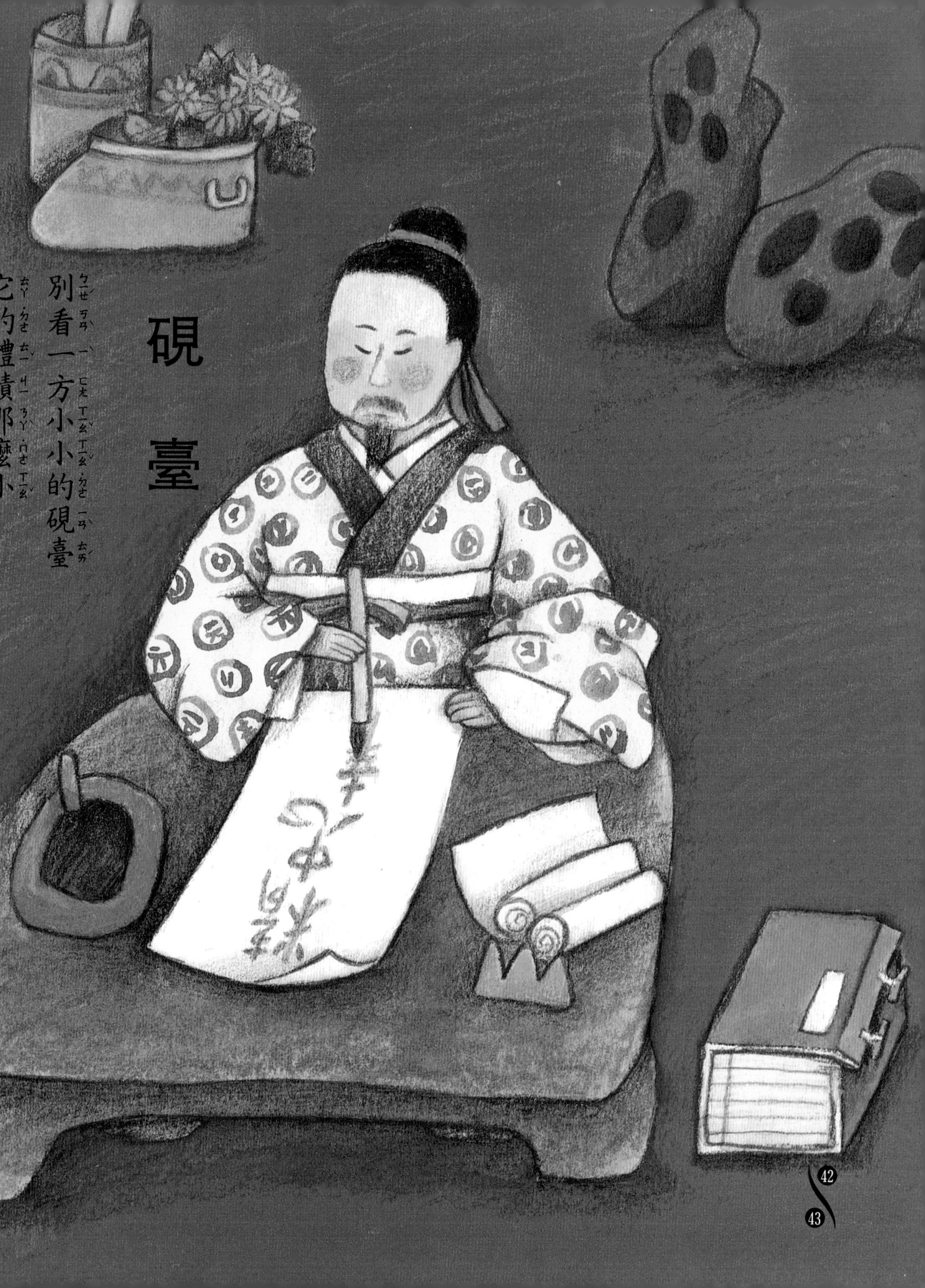

其實，它的心思比誰都細膩
它的志氣比天還要高
請你想一想
岳飛不是在它的感召下
振筆大書特書【精忠報國】
孔老夫子早在兩千多年以前
就開館講學，從它身上得了道
請問請問
一塊硯臺的天地
究竟是大是小
你還要裝糊塗
真的不知道

古往今來，從「硯臺」裡
出了多少大思想家、大文學家、大書法家，
本詩借「硯臺」暗喻人生的真諦，
也道出一塊硯臺雖小，
可是它活動的空間卻非常浩大。

老奶奶的水瓢

老奶奶的水瓢
一勺勺地
在水缸裡　仰泳
一勺勺地
在水缸裡　洗澡

老奶奶的水瓢
一隊隊地
在廚房裡　歌唱
一隊隊地
在廚房裡　睡覺

老奶奶的水瓢
一尊尊地
在灶神面前　瞎掰

一尊尊地
在灶神面前　耍寶

老奶奶的水瓢
從民國初年到世紀末
天天頂著光禿禿的頭
天天伸著懶洋洋的腰
究竟何時向閻王爺報到
你問他，他會紅著脖子直嚷嚷
俺真的不知道，不知道

老奶奶的水瓢，少說已活了
半個世紀以上的年紀，
可是它依然光亮，依然是
人們的最愛，每天不離手。
本詩借水瓢與老奶奶的相處，
可獲知人與物的感情是
愈陳愈有味道。

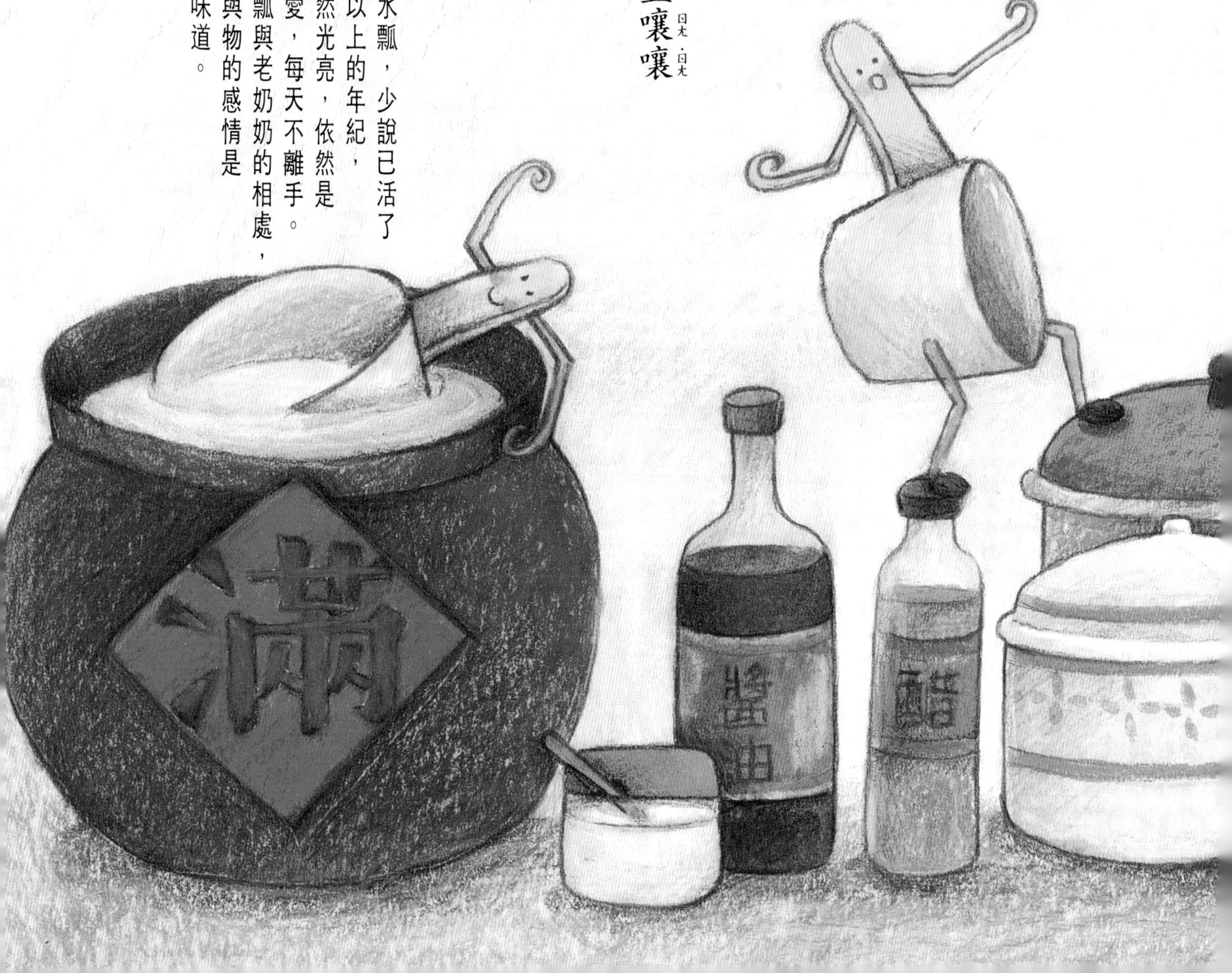

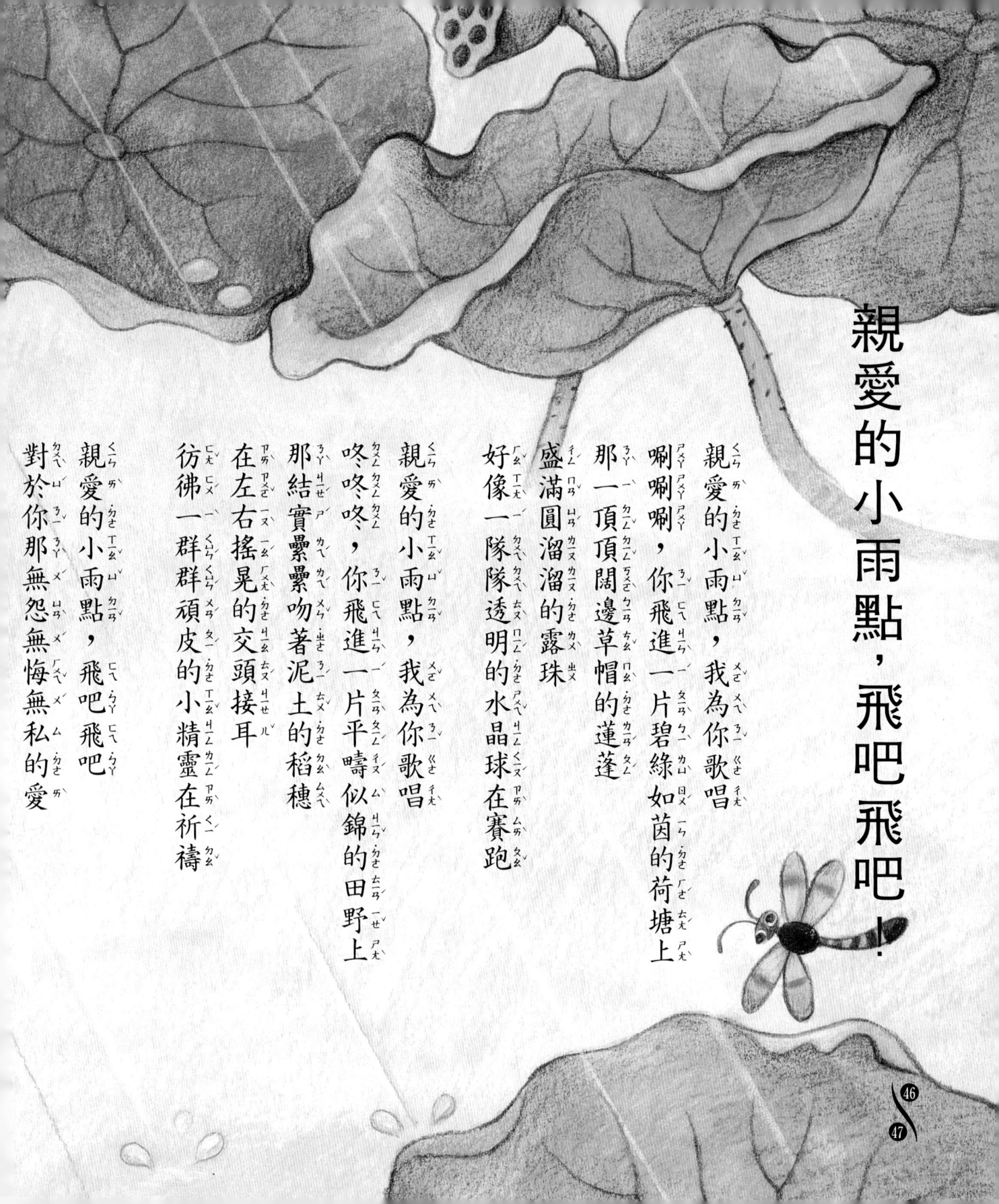

親愛的小雨點，飛吧飛吧！

親愛的小雨點，我為你歌唱
唰唰唰，你飛進一片碧綠如茵的荷塘上
那一頂頂闊邊草帽的蓮蓬
盛滿圓溜溜的露珠
好像一隊隊透明的水晶球在賽跑

親愛的小雨點，我為你歌唱
咚咚咚，你飛進一片平疇似錦的田野上
那結實纍纍吻著泥土的稻穗
在左右搖晃的交頭接耳
彷彿一群群頑皮的小精靈在祈禱

親愛的小雨點，飛吧飛吧
對於你那無怨無悔無私的愛

我的笨頭笨腦的歌唱
實在微不足道

小雨點，在孩童們的眼裡，
也是一個美麗的問號，
萬物因有雨的滋潤而欣欣向榮，充滿生機。
本詩就是借小雨點的博愛，
來展現人間一幀幀快快樂樂水乳交融的畫面。

假如把天空倒過來

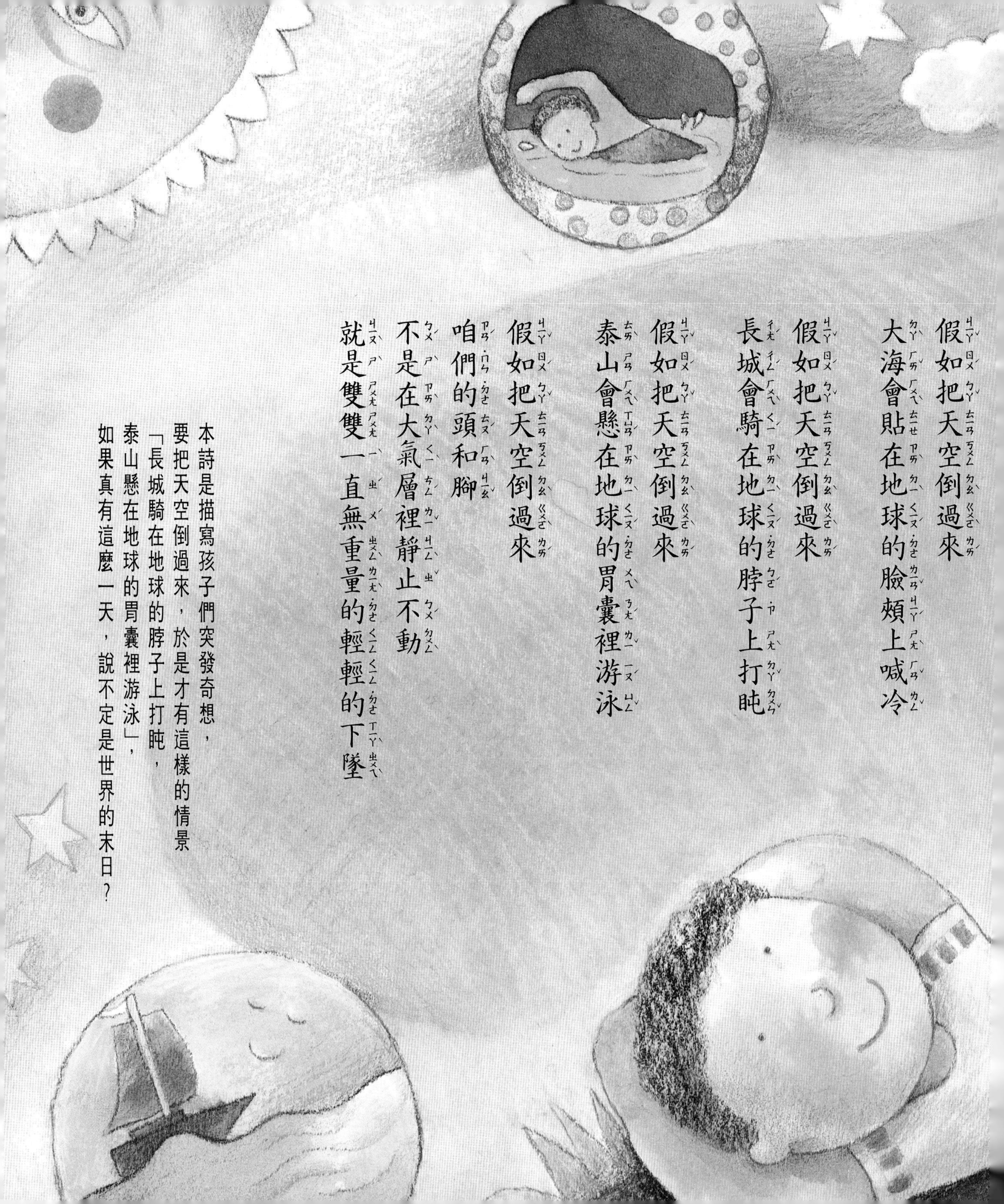

假如把天空倒過來
大海會貼在地球的臉頰上喊冷

假如把天空倒過來
長城會騎在地球的脖子上打盹

假如把天空倒過來
泰山會懸在地球的胃囊裡游泳

假如把天空倒過來
咱們的頭和腳
不是在大氣層裡靜止不動
就是雙雙一直無重量的輕輕的下墜

本詩是描寫孩子們突發奇想，
要把天空倒過來，於是才有這樣的情景
「長城騎在地球的脖子上打盹，
泰山懸在地球的胃囊裡游泳」，
如果真有這麼一天，說不定是世界的末日？

春天，你真的來了嗎？

小河，懶懶地，翻滾著
白雲，悠悠地，仰泳著
老樹，癡癡地，等待著
小花，喃喃地，夢遊著

嗨！春天，春天
你真的來了嗎
我要一大口一大口
咔嚓
咔嚓地
吞
掉
你

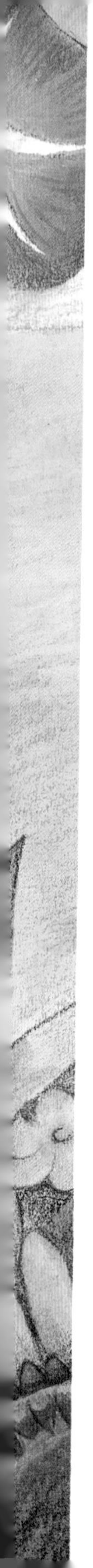

第一節描寫從「小河，白雲，
老樹，小花」的狀貌，
看到了春的蹤影。
第二節抒發人們對春天的歡迎之情，
恨不得一口把它吞下，
顯現誇張的詩趣。

寫詩的人

張默

張默，本名張德中，生於安徽省無為縣。童年在家鄉讀私塾，因為背不了《左傳》、《告子》，被老師的戒尺打得手心通紅。而後上簡易師範、南京成美中學。民國三十八年從南京流浪到臺灣，次年參加海軍行列，在軍中一共服務了二十二年。

他一生寫詩，辦了一個同仁詩刊《創世紀》，到現在已有四十年的歷史，可說對臺灣新詩發展略盡綿薄。曾得過許多大獎，包括國軍新文藝長詩金像獎、新聞局優良著作金鼎獎、中山文藝新詩獎。

四十多年來，他一共出版了《愛詩》、《落葉滿階》等八本詩集；《無塵的鏡子》等三本詩評集；另外還編有《小詩選讀》、《新詩三百首》等。

畫畫的人

董心如

從小，心如就是個愛畫畫的女孩，家裡，不論是桌椅、書櫃、牆壁，都成了她的彩繪天堂。在媽媽的那臺老縫紉機上，到現在都還留著她當年用錐子刻出的童稚圖畫呢！

自國立藝術學院畢業後，心如又繼續至美國紐約普萊特藝術學院攻讀碩士。雖然所學漸深漸廣，但她心中始終念念不忘的，卻是年幼時信手塗鴉的那份童稚與樸拙。心如教過小朋友畫畫，她深深覺得能和小朋友們玩成一片，啟發他們的想像力，與他們一起創作出真誠、豐富的作品，是世上最開心的事了。

也因著這份不假修飾的赤子之心，她的作品充滿了溫馨與童趣，曾入選臺北市美展、臺灣省美展、雄獅新人獎，並參加過多次的聯展。

救難小福星系列

1.魯波的超級生日
2.貝索的紅睡襪
3.妙莉的大逃亡
4.莫力的大災難
5.史康波的披薩
6.韓莉的感冒

不會游泳的兔子魯波，在生日那天掉進河裡……
老鼠妙莉被困在牛奶瓶裡，卻沒人發現她……
健忘的松鼠史康波要做個特大號的堅果披薩，堅果卻不見了……
無情的災難不斷地考驗著他們，他們能否平安度過難關呢？

還有英漢對照系列，
精選外文暢銷名著，精心編譯
伍史利的大日記 I II
我愛阿瑟系列 I II III
⋮
陸續推出中哦！

敬請拭目以待！

打開詩的魔法書……

小心，妖怪正開始施展他的本事！
魚蝦在空中撈星星？
月亮也鬧雙胞？
哇！我的夢還會在夢中作夢！

國內外著名詩人、畫家
一起彩繪出充滿魔力的夢想，
要讓小小詩人們體會一場前所未有的驚奇！

兒童文學叢書・小詩人系列・

樹媽媽	葉維廉 著	陳璐茜 繪
螢火蟲	向 明 著	董心如 繪
稻草人	夐 虹 著	拉 拉 繪
童話風	陳 黎 著	王 蘭 繪
雙胞胎月亮	蘇紹連 著	藍珮禎 繪
妖怪的本事	白 靈 著	吳應堅 繪
魚和蝦的對話	張 默 著	董心如 繪
我的夢夢見我在夢中作夢	向 陽 著	陳璐茜 繪
網一把星	葉維廉 著	
小孩與鸚鵡	陳義芝 著	
穿過老樹林	蘇紹連 著	
夢中音樂會	朵 思 著	

・
・
・

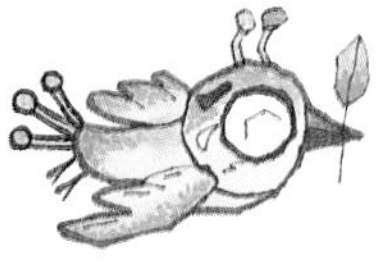